JN123239

ばんじろう　＊　目次

装幀　真田幸治

ばんじろう

黒豆

黒豆のひとつひとつに照りはありひとつひとつが死を見つめおり

なんだこれ、 これアボカドかアボカドだ生きていま食うこれアボカドだ

いつのまにか速足になる通勤路けっこう好きだこの人生は

そこはかとなく冬は来てこんにゃくをパパの匂いと言うむすめあり

咲くためにこれまで生きた菜の花のなるべく咲いてない束を買う

ふたたびを父は入院してしまいふたたびをわれはここのタンメン

トングズ

トング、トング、口では言ってひそやかにこれはトングズ、トングズなんだぞ

押しくらのくらは〈競(くら)〉なり五十年知らないままで困ることなく

旧友が心のなかで増えてくる　口から飲んで耳を癒やせり

押し包むわが悲しみは悟られてぬいぐるみひとつむすめは持ち来

三十年前までありしその家をたらちねはただ家(ウチ)と呼ぶなり

レーズン

レーズンになりゆくまでをひそやかな喜怒哀楽のあっただろうに

いのち削って飲むにあらずも焼酎を飲めば心に来る、ありがとう

酩酊があしたを開くことありや小指の腹で胡麻を拾って

われはわが眠りに巻き込まれながらジャック・マイヨール散骨されき

アンビギュアス、アンビヴァレント、アンビシャス、三人寄ればひとりとふたり

あかつきのトラックミキサーぶろぶろと震えおりこれは殺したりする

エゴノキ

おみなごに教えんとして調べおりこれはエゴノキ、エゴノキの花

十一時間労働、二時間半宴〈パパ・飲み会〉とカレンダーにあり

中野区役所。

裏口に電池を捨てる箱ありて投票のたび通り過ぎたり

暗殺者。

assassinを朝死んでると覚えたる十七歳の三十年後

口内炎しぜんに癒えてありがたし　これから嘘をつくという嘘

ふとももに子のふとももを乗せて読む永遠なんてたぶん三分

眠るときわがおとうとにすこし似る娘が眠るそこが天元

来松

この肉に響かせていた鳴き声を想いながらに想わず食えり

ちちははのどちらかに似ているという前提ありぬだまって聞けり

われを離れてわれを見ること叶わねどオールで押して岸を離れる

松山に来松（らいまつ）ありて帰松（きまつ）ありてきょう大松は来松したり

子の顔のロック画面で照らしおり早寝している子の富士額

ひと夏を〈やることリスト〉生き延びたスケッチブック、Ｂ４、ロフト

ひらがなを読む四歳がゆ・り・か・ご・の・う・た、と読みたり父はすこし泣く

なまこ酢の酢をすすりおり豪（えら）そうにしている方がうまくゆくこと

蕪村

春の日の水族館の水を見るように見ている歌集の余白

見え透いた嘘のようだがほんとうに歯医者の予約ある午後3時

こう見えて蕪村を読めりてのひらにてのひらほどの光を乗せて

生まれたる日は水曜日ゆびさきを五センチ四方すべらせて知る

にっぽんの津でも浦でもないところかつて二百円借りた交番

なにがどうダメかダメとはなんなのかわからないままダメと聞いてる

教室が揺れていた夢それよりも教室にたったたひとりだったこと

妻でない女が怒る夢ありぬあれは満島ひかりだったか

速度超過。

すいませんすいませんねとくりかえす警官(わかもの)はわれを捕えてのちに

十二年生きたるという岩牡蠣を食いて穏やかならずこころは

腹いせのいせとはなにか　いちにんを思いつつ歩きスマフォしている

キリンビール飲んでたまさか思いおりキリン、キリングつまりは殺し

咲かざりし青春の花わがうちにいまだあらんや紅斑の出る

釣書（つりがき）と縁なく生きてうまそうでまたうまかった穴子の写真

イサファガス

あっさりと告知されたる父の癌、だからあっさり治ると思ってた

esophagus（イサファガス）綴りたしかめながら書く食道癌を伝えるメール

保湿薬（ヒルドイド）おまえにやると差し出されわれはいまでも守られる側

こんなにも朗らな声の出る父の肝（かん）に移れる悪性腫瘍

治らないことを知らないわけがない　それは聞けない聞けないでいる

父の癌をおもいて嚙めるレーズンは嚙み終わるころ香りするどし

食べものの写真を撮ったことのない父は語れり病院食を

痩せに痩せたる父君(ててぎみ)の盆の窪　生きること・生きていること違う

悲劇とはいささかちがう父の死が平成のうちに来るということ

とにかくも息子の逆を言いたがる父なりき教職をつよく蔑（なみ）して

実家。

ノブを回す力もうなき父のためトイレのドアは紐で開けてある

モルヒネと言えばなにかが救われてどこかが壊れゆくなりそっと

父の死の前にも父の死の歌を作れりわれに歌があるから

私は十二月生まれ。四十六歳の一年だった。

この先に思うだろうか〈乃木坂〉をひたすら聴いて救われていた

父の死を待つようにしてその秋は早め早めの選歌していた

コピーライターだった。

落ち着かぬ父の右手にボールペン握らせたればやわく握りぬ

カーテンが原稿用紙に見えるとぞわが母だけが聞き取りにけり

しっかりと父の声なりしわぶきて喀痰(かくたん)せんとするその声は

父、大腿骨を骨折して入院。肺炎を発症。

酸素マスク外そうとする左手が伸びてまだまだまだ意識ある

このあとの八時間後に父逝くと知らずひとりの餃子を食べた

長い夜になるかもしれずふるゆきの白（しろ）充電器かばんに入れる

家に戻っていた。母から電話が来た。

タクシーが東北沢（ひがしきたざわ）過ぎたとき電話あり母はそうとは言わず

二〇一七年十一月十二日。享年七十八。

宣告はわが到着を待ってくれて　死亡診断書は複写式

切り取られてもう食道はないけれど〈病名・食道癌〉とありたり

吸ってはじまり吐いて終わるという一生（ひとよ）　父の最後の息はいずこぞ

天現寺ＩＣから護国寺ＩＣへ。

霜月のとある深夜の首都高を遺体の父はベルトされて行く

亡骸が入ると柩になるらしい。

棺から柩に変わりゆくを見ずスリッパはいて別室で待つ

〈お父さんのお通夜〉とわれの口が言い耳が聞きたりよくわからない

ひとたびも杖を使わず父は逝くモルヒネ内服薬まだまだあるよ

ブラームス〈ドイツ・レクイエム〉もらいたり悲しみ方のわからぬわれは

屍櫃

良く焼き。

屍櫃（からひつ）のさむさを思いながら食う一箇鍋貼儿（イーガコーテル）、ヨクヤキにして

一生をかけてわが身を弔うにあらんしばしば餃子を食って

白き酢に白き胡椒をふりまいて餃子をひたす輪廻のさなか

食えなかった父の最期を思いおり食わなかったのかもしれないと

一ヶ月先には燃えてゆくだろう骨を接がんとして医師（ひと）ありき

鳥影のようにときおりわが頰を擲つ言葉あり「ただ若きのみ」

慰めることはできない慰めるこころあることただに伝える

このひとのこころの刺(いら)が見えておりいいやわたしの刺であろうか

こんな学校

君が知る高校はただひとつだけこんな高校と呼んで去りたり

声だして読めば一篇の経のごとし辞めゆく君の反省文は

絞り出すようにむりくり褒めているうちにひとりが見えてくるなり

歩いてるだけじゃだめだと言われてもやっぱり歩くだけの赤花

ちょっとおじいちゃんみたいなパパって言われたと、ちょっとだよって娘は言った

かなしみのじわりと来たり放っておけば〈おめがね君〉を描いて持ってくる

中野区——平成大東京競詠によせて

ああ中野、中野といえばサンプラザわれもサンプラきみもサンプラ

無鉄砲・青葉・はし本・麺彩房・さいころ・RYOMA・麺匠ようすけ

江戸時代の犬屋敷の一部が陸軍学校、警察学校を経て「四季の森公園」になっている。

御囲(おかこ)いに八万頭の犬ありきときおり聞こゆそのころの吠(ほえ)

「平和の森公園」。

三木清拘置疥癬腎臓病そののち獄死豊多摩(とよたま)刑務所

濃淡といえば雄々しき歴史なりのこるはだらに大杉栄

一九三二年。「中野新井薬師駅前の朝日新聞販売店尾崎方に住み込む。」

宮柊二、二十歳の四ヶ月ほどを暮らした街にわれは住むなり

咲いてないときにも藤の家と呼ぶ家をよぎれり中野区新井

一幻

学校を過去と空耳しておりぬ　従う人は従わせたがる

そんな大学行かないですよ　うるわしの母校を指して生徒は言えり

雲母引きの白のようなる三月の、われは卒業せねば残れり

定年を三年はやく辞めてゆくわがままですいませんとその人は言って

すこしずつ散りゆくくすのきの葉っぱひとりが退いてひとりが就けり

満ち足りて出でくる人をそれとなく見おりまだまだ並ぶわたしは

思ってた未来は徒歩でくるところああ嘖嘖（さくさく）とえびそば〈一幻（いちげん）〉

死に票

ささやかな復讐心はありにけり日焼けをすると痒くなる頬

演説のおしまいごろに泣いていた四十歳に死に票入れる

聞いているただそれだけのやさしさを亀のミニラはよくわかってる

亀ちゃん!と呼びかけているわが声は亀を癒やさずわれを癒やせり

映画「64（ロクヨン）」。

「ひと月で慣れ、ふた月で染まるんだ、人事というのはそういうもんだ。」

こいつより速く走って逃げることできない怖い街灯の下

やまねこ

職場とは椅子の背凭れキーキーが電話ひとつでなくなるところ

日本語しか聞こえない部屋に集まって終わった数字ばかり見ている

このごろは閻魔帳とは呼ばれなく、他人事ばかり書いてあるコレ

のちのちのことはのちのち思うべし上司にならず終わるこの生

＊

一年をかけて急逝してゆけり　パパともオヤジとも呼ばなかった父

相続人捺印欄が十人分ありて三人だけが捺したり

マンデリンじりじりじりじりと挽きゆけり父のつぶやく声のようにも

なにゆえに母は言い切ったのだろう父は白木の棺が好きだと

オーマツの人数かぞえいる娘　しんじゃったけど爺（じいじ）は入れる

仏壇のどこにも父はいないけれど母が見ている掌を合わせおり

中島みゆき。

三十年のちのじぶんを揺さぶると知らずに揺れていたり〈やまねこ〉

ぼくにまだぼくが残っているようだ鼻腔に響く〈タクシードライバー〉

老花眼

あすのぼくからの元気を借りてきてもう一杯のワイルドターキー

御香香（おこうこ）とひとりのぼくがいる夜更け寄せ箸をする手皿で受ける

妻の憤(いか)りをカネで解決した夜があるよ短歌の仕事に行ってて

さめぎわの夢に捥ぎたる杏の実いやがっているようにも見えた

もうわれの扁平足を蔑(なみ)すなし老花眼(ラオフアーヤン)の妻は愛(いと)おし

便名を書いて吾妻に手渡せりなんだろうこの嫌な感じは

世の中にはいろんな人がいるなあと思いて妻を見るはさみしさ

おまえの顔

どんどんとおまえの顔になってゆくどこへも行ける顔をしている

にんげんのようなバナナを摑みたりバナナのようなにんげんわれは

ああここで嫌(や)んなっちゃった僕だったそこから今日を読みはじめたり

靴べらをおすべりと呼んでいた人をなかんずくその声を思えり

とおくとおくキリマンジャロを望むためヒトは直立したという説

朝焼けのみなとみらいのあんず色夢のなかまで見せられている

はつなつの汗のくやしい味がする味噌らーめんに麻竹をのせて

泣き声のようにきこえた風の音　悔しいならば見えるようにせよ

にんにく

引っ越し。
十九年ここににんにく吊るしきてきょうはにんにくもフックも外す

カウンターの左の人が振り向けり声に出たのかなんとかなるっ！が

探さないとあとで困ると知っていてあとになりたりやっぱり困る

なあ、おまえ、人に造られたんだって？　虐（いじ）められるやこの相模湖は

英語でも嘘かもしれぬ報道の、画面に音のない火尾の見ゆ

アルタイル見つつ思えり地球ではない方にゆく光のゆくえ

両足と読んでしまってわからなく、雨足だったＪＡＬ９０９

おじさんのわれはしずかにキレましてそっと宴会からいなくなる

八百屋舞台

みぞおちのなかなる鳩が羽搏けり　そういう時代だから、と聞けば

一人対四十人と思うらしわれは（一人対一人）×四十と思えど

プリントをうう、りう、ちー、ぱー、数えおり英語はだいじ一部の人に

覚えたる〈你多大了（ニードウオダーラ）〉これまでをほぼ使わなく脳（なずき）にありぬ

深呼吸しながらシエラレオーネの山脈（シエラ）おもえば私語はしずまる

教員に言われたらそりゃ嫌だろう手駒のように持ってる言葉

ひなんひなん、ママからひなん、うれしげにわれのふとんに娘はもぐる

六歳。

上の子と呼ぶことのなしこの先もずっとひとりのひとりの娘

うすうすは気づいているかちちははと四十一の歳の差の意味

いちにちを生きてひとつの言葉知る八百屋舞台は斜めの舞台

ぬいぐるみの熊にパパねと呼びかけて、わたしのパパじゃないと言われた

父の死をいちねんすぎてむらさきはそのむらさきを深めゆきたり

ハイライト喫っていた父のその煙われに残るや標語のごとく

池の面のぬるでの赤はくらやみに赤を隠して赤を濃くせり

アカミチ

このごろは〈あたまがいい〉と言いにくく〈得点力がある〉と言ったり

いつだれが呼びはじめたかアカミチとみんなが呼んでいる裏の道

〈霧（ネブリナ）〉と名をつけられてうつくしき夢をもたらすチリの葡萄酒

読んでいる本のページの番号を憶えて閉じてすこし注ぎ足す

わがうちのちさき炎をぐいぐいとさらにぐいっと広げる〈三岳（みたけ）〉

熊毛郡屋久島町でいったんは気体となった芋のまぼろし

かねひで

いくたびもわれを照らせしその海をとおく離れて今は想うのみ

くれないの大浦湾に燃えながら墜ちゆくあれは戦闘機（ファイター）ならずや

沖縄県（しまじま）を二十回ほど訪えど基地に指すら入れたことがない

分割統治されていたなら札幌と時差一時間あらんこの島

〈かねひで〉で巻餅（ちんぴん）買って炮炮（ぽーぽー）買って、辺野古に行こうと言い出せず妻に

海のみどり山のみどりよなかんずくみどりのタウンプラザかねひで

「せっかくの沖縄なのに米兵とか上陸とかそれはそれでしょうけど。」

アカバナーもの言いたげに咲いておりの黄色が銃口のごとし

あっちまっすぐこっちまっすぐ茫漠と、読谷村補助飛行場跡地

徳之島を指して内地と言いにけるエフエム那覇にすこし泣きそう

この牛は食べない牛?と子は問えりうつむいているアジア水牛

うみかぜは海のことばを伝えおり幼子ひとり走り出したり

うりずんのやさしさがそっと吹くようで、焼き物（やちむん）はここにあるだけでいい

八歳のむすめにわかに寡黙なり佐喜眞（さきま）美術館〈沖縄戦の図〉

母。

「沖縄に行くのはなんか嫌なのよ、中国も韓国もなんか嫌なのよ。」

さみしいと読んでしまった看板の、ああ、山羊さしみ一五〇〇円

沖縄にひとりで行ったことはなしひとり飲みたし栄町市場

ぺらぺらのペットボトルに詰め替えて羽田まで飲む泡盛すこし

進路

〈進路〉よく〈指導〉よけれどわがこころ〈進路指導〉と聞けば怯みぬ

進路から逸れてゆくときほんとうのミチが見つかるなんて言ったり

こっそりと職員室で読みながらうっかり声に出ちゃう歌ある

オーマツさんにもいろいろモンダイあるけどさっ、さっと言われていまも忘れず

勤続二十五年。

一杯のお茶さえ淹れてもらいたることなしひとに淹れたこともなし

少年のイラストありてSusanも正解とするみんな笑うけど

窓側のこっち一列、こんくらいの割合でG（ゲイ）みんな笑うけど

加賀鳶

護衛艦だと言われればそう見えて夢の足裏（あうら）は赤土まみれ

ああここは夢の出口か入口か〈伊佐美〉は一升瓶を出で行く

目覚めたるやまみずは酒となり人となり恋となり夢にもどれり

〈加賀鳶（かがとび）〉のこころのなかにひそみいる淫夢ならんやわずかに苦し

狂わせてしまったようだかんかんと飛び切り燗の加賀の〈加賀鳶〉

ゆきぐもを指すヘブライ語だよそれは、鳥の名前を夢で聞きたり

父の骨ひと組みならべ終えまして、ここの紅いのはあなたのですよ

mumble bumble

鶏ももの三百グラム買うときの、ちょっと出ちゃっていいですか？　好き

感情と感情的に違いあり mumble bumble ぱぱんどぱぱん

百円で買った定規の目盛さえ、信じることは世界のはじめ

わずかずつ月の光をたくわえておいでになったわれの鶴髪（かくはつ）

しらゆきひめ読み聞かせれば子は問えりひつぎってじいじが入ってたやつ？

豚肉、とざっくり書いてある肉の肉でなかった日々を想えり

しゃっくりをするのか豚は　にんげんの口のサイズの豚の横隔膜

炭酸を吸わせて気絶させたまま心（しん）動かして血を抜くという

いくたびか屠畜場とぼくは言ったのにこの人はまた屠殺場と言う

死ぬまえにたべたいものをたべる日のようにしずかなチーズ牛丼

このごろは消化しやすい餌ばかり食って胃壁がうすいのだとか

紅生姜したたりながら〈並〉を食う脊髄を破壊するのがだいじ

強気

行ってきまあす、明るく言えばかすみたつ稼業の闇に妻は気づかず

これまでに捨てたる靴はどれもどれも〈まだ履ける靴〉だったけれども

出勤のさなかの七時まだ寒し麺屋〈はし本〉ご主人動く

踏み切りで待たされるのがすこし好き、そう思ってる今がすこし好き

あの夏の成長痛にどこか似て　やや浅煎りのルワンダ・ムホンド

わずかずつこころを見せる人のように冷めれば酸味すきとおりゆく

アフリカの大地の焦げを飲むここち　千の丘あるルワンダの風

RWANDAのコーヒー飲んでRWANDAをちょっとわかった感じの阿呆

いますこし傷つけられるゆとりある夜を話してすこし傷つく

二万円以下の罰金又は科料　われはしたがう心の声に
科料。道路交通法第7条。

真うしろに手を伸ばしてもテヘランもパンムンジョムもあらずゴミ箱

まっしろな問いにもがいていたけれどはじめからそれは答えであった

なにがなしこころさわだつゆうぐれの、〈答え〉の容(かたち)してる奴を撃て

トリガー

引き金（トリガー）にひとさしゆびをかけたこといちどある二十二のヴァージニア

銃口をだれかに向けたことはなし向けたらわれは撃つかもしれず

いっしゅんを揺れたとおもう水の面はわれの鳩尾あたりにありて

ときおりに喉痛（のどいた）あれば父のいる西方浄土のひかりともおもう

思い出せば思い出すほどかすれゆく考（ちち）の声、あれは声だったのか

小学校二年で習う漢字表　四画に父、六画に考(ちち)

見せてくれたことがある。

漢数字のところだけ濃く手書きされて父と会社の契約書なりき

祭壇は土葬のあったそのころの葬列の代わりなり知らんけど

玉ねぎを炒めるというか痛めおり声が嬌声になりゆくようだ

コスモスは思いつめたる顔をして入管収容中餓死を見ていた

上裸(じょうら)って言いませんかね言いますよ会議かがやく北向きの部屋

知らなくていいくさぐさのざくざくと会議に消えた今日の夕刻

趣味の問題、そう言いながらその趣味にこだわっているちいさな会議

ふたたびを新人教師にならなくていいやすらぎにほんとやすらぐ

しくしく

全身に怒りあふれてむらさきの葉をこぼしゆくクスノキ、は夢

おどろきとしてやわらかく受け止めて、怒りに変わるまえに壊せり

怒りなのか悲しみなのかしくしくと言葉のようなものが湧きくる

飼いならしゆくわがうちの怒りひとつ潮のように高まる夜あり

気泡

カタカナで書いてしまえばなくなりぬ君の名前の最後のGは

もしも売ることになっても売れますと言われた土地の北側に寝る

いちまいのポスター画鋲にて貼れりみぎてジーザスひだりてクライスト

〈割り込み〉というボタンあるコピー機よ　割り込まれゆく人が押すなり

気泡ありて値引きされたるぐい呑みの、今宵も愛すひとつの気泡

なんだろうオレンジ色のセーターの人をしばらく抱いていた夢

セーターの感触は顎に残ってるハグというより強めに抱いた

顔も声も覚えていないその人がいいよと言った冬の昼の夢

夢のなか雨の香りをかいでいたようだ癒やされたのはわが過去
炎まだわが身にありてあなうらのポルカドットがときおり燃える

右

差しつづけなければいずれ失明する〈いずれ〉が死より先に来るなら

「短歌って右だと思ってたんだけど、オーマツ、いつからそんなんなった？」

ひさびさに母御を訪えばまずさきにその〈ひさびさ〉を咎められおり

ああこれは喧嘩売られているんだな、負けてやりたり、知命まぢかく

冷麺を冷面と書くこの店のパイプ椅子にて昼の極楽

まれまれに趙紫陽おもいだしながら照りの六月、降りの七月

毛茸

父なくてふたとせ経ちぬ秋の日の寺のひかりは毛茸（もうじ）に差して

やや早い死と言われたりそのややはどこからきたかどこへゆくのか

立冬をすぎたひかりが照らしおり父の三回忌の空・風・火・水・地(キャ・カ・ラ・バ・ア)

〈剣菱(けんびし)〉の一升瓶をしゃっしゃっと父はしゃっしゃっと振りていたりき

まれまれの忿怒激憤ありたれど不機嫌な夜のなかりき父は

通夜へゆく車のなかで母は言いき「北島康介の実家ここなのよ」

その骨(ほね)がしだいしだいに骨(こつ)となるひとときは幕間(アントラクト)のごとし

肉体のなき人となるそれまでを死者なれば死に慣るなし

〈安心の国産骨壺〉なんてものあるくだらなさ父は怒るべし

治ったらどこか行きたいところある？　訊いたとき父の目を見なかった

白波

〈白波〉の首をにぎればおりふしに父の手首の平たさを思う

こころざし継いでゆくにはあらざれど芋焼酎の水面(みなも)をすする

酒のことときにお酒（ちゃけ）と呼んでいた考（ちち）の疚しさ今はすこしわかる

眠ることちょっぴり怖い秋の夜は〈芋〉の豪気をおおきく借りる

ふるさとはさつまいもにも薩摩にもあらねど飲めり飲めばふるさと

飲むことはこの世の時をわずかにも錯れて邪径に入りゆく勇気

いつか訊かんとして訊かざりき「教師なんて馬鹿のしごと」と言いし父のこころ

呼び出して父をすこしく善い人にしてから返す記憶のなかに

月夜

いまわれは遮光器土偶こいつらのために怒れる遮光器土偶

憂いことを離れて憂さは残りたり声の壊れる午後の教室

生存の勝者としての大木のくすのきありてときに疎まし

すぎゆきはあやにあやしく陰りたり月夜（げつよ）というをひとたび食いき

一本締めせんとひろげた手のひらの左が問いで右もやはり問い

二・二三、六・二六のその間（あい）に九十九回の春ありしこと

ときおり宮英子さんを想う。

非常ノ措置

二〇二〇年四月。Zoom を使い始める。

会議さえうれしい四月ざぶとんのようにそれぞれ領地のありて

壁のその、キース・ヘリング好きだって言いそびれたるままで退出

体調おかしく。

しんいんせいがいそうというものらしいたんぽぽほどのこほこほがでる

起きてすぐに手を洗いたり夢のなか釣り銭うけて手に触れた手を

二回歌うと三十秒。

祝你生日快楽（ちゅーにーしょんじーくわいるー）！　歌いながらに手を洗ういまだに神は生まれないけど

録画して授業を配信。

●はわれの額を見つめおり斜めっているわれのくちびる

みずからがしゃべる動画を聞いており　不要不急のきんつばひとつ

いくばくか聞き惚れながらみずからの授業動画を夜ふけ見直す

遠い人がひとりもいないみんなみんな遠くてそしてひとりひとりで

ところどころジャスミン香る街並みを人いれば顔を背けて通る

春、そしてはつなつ、遠くへは行かず歩いて遠いところまでゆく

ああかってこんなさびしい日があった曲がった角の数をかぞえて

逆上がりひとつするなりひかりさす小公園にあいさつのごと

じんわりとそこから〈色〉が湧くようにちいさな石の仏はありぬ

パソコン画面上でホームルーム。

カモシカがシカの仲間でないように休校だけど休みじゃないよ

パソコンの画面左に立っておりプロンプターのように〈白角(しろかく)〉

五月になった。

非常ノ措置ヲ以テ時局ヲ収拾セム、生徒に会わずふたつき過ぎぬ

堪え難くも忍び難くもない春を今日は飲まない酒を買いたり

ゆるいときついときあり焙じ茶を買いにゆきたりそのゆるいとき

六月。学校は再開された。

画面なら触れる近さにあった顔だいぶ離れて見下ろしている

きっとあくびしているんだな手のひらをマスクの上にかざしたひとり

いちまいの額(ぬか)をさらして精神を注入されるように検温

生徒らの検温表にてんでんの寿命のように平熱ちがう

アルコールつけて机を拭いておりおり生徒の生きた跡を消しおり

じゃれあって入り組む汗も歓声もときに怒号もそれが教室

初鰹

もう一生、見ない！と怒るわが娘まだまるまると一生ありて

まっしろな紙がときおり怖くなるふたつに折って勝った気になる

ただ切ったいいや切られた初鰹ありますこれは赤紙でない

いらだちを先まわりして避(よ)けてゆくこころはとおくとおくなりゆく

窓

壁に穴をあけたところが窓ゆえに穴かんむりのある〈窓〉の文字

みずからを〈まど〉と名乗りし詩人なり勁きこころをとおく仰げり

窓枠があってもそれは窓でなし、ガラスだけでは窓ガラスでなし

禅僧がさーんさーんと呼吸するようにたたずむまひるまの窓

にんげんは〈窓〉を通らず　教室に窓から入る中学生あり

いくばくか窓を開いて眠りたり呼ばれればすぐにゆくこころにて

親ガチャ子ガチャ

雌日芝よ咲きつつあるかこののちを言葉にならんひそけさのあり

Sujahta という俳優の名前ありベンガル映画のエンドロールに

ときおり時程変更。

道徳を英語に替えた日はあれど英語を道徳に替えた日はなし

極東ノートあれこれありていつしらに日本ノートになりにけるかも

生きて来たわが五十年。小野茂樹なき歳月の長さでもある

画家は言う。しんどいときに絵は描ける、しんどいときの方が絵が良い

買ってやることが愛ではないけれど、あしたには来る赤い一輪車

親ガチャのあって子ガチャもあるという、パパのシャツ着てパパごっこする

地上から七メートルを空けるべしバレーボールの規則のひとつ

ぬいぐるみにもベテランと若い子のありて今宵はベテランがいい

蒙霧

センターフィールダー。
サーカスを見るこころもち一〇〇メートル向こうから飛んできたボール捕る

たそがれに空華(くうげ)のようなものが飛ぶ打たれちまった白いこころだ

おそらくはキャッチャーフライひとつさえぼくは捕れない捕ったこともない

ためらいののちに押したるEなりや公式記録員の指先

エラーはE、ヒットはH。

小舟にてキューバを離れはるばると千葉市美浜区のショートを守る

アデイニー・エチェバリア。

右中間抜けて旅ゆく絶望を蒙霧（ふかききり）ある夜に見ており

黄泉からの風もたまさか混じりいて伊良部秀輝（いらぶひでき）の白眼（しろめ）を思う

われらまさに民草としてそよぎつつ一歓一哀わけあう万喜（ばんき）

乾坤をそっと睥みて閑閑たり益田直也のセットポジション

勝っていれば、九回裏の攻撃はない。

五十一のアウト見終えて帰りゆく未来はすでに過去となりいて

〈労働〉を三時間ほど見ていたり　私服になって選手が帰る

霞的

まざまざと霞的（かすみまと）あり少年は死を引き寄せるように見つめて

タンなくてタンシタはあり沈黙は沈思黙考の略語にあらず

ミ・ハ・セ・ギとかつて覚えた四つの胃　そのハチノスの甘辛炒め

食道（ノドスジ）を父ははじめに病みにけり祖父も病みにけりわれもいずれ病む

箸先で耳石を探しながら食う鯛のなかまでない金目鯛

め・た・しょ・へ・れ、そんなふうにも覚えるか悪くないけど面倒くさい
その前は慶應。

胸熱

毎週、十八人の大人の授業を受ける。

国国数数英英物化生地社社体武音美技書。中学一年生

不行状さらされている女男のなか歳上ありてちょっと胸熱（むねあつ）

スタバともきこえ墓場ともきこえたりそのどちらにもしばらく行かず

ふぁんしりゅうはばんじろうとぞなりたれどふぁんしりゅうにはもどることなし

空酒

かたむけて口つけるとき空酒(からざけ)は熱き太平洋となりたり

さかずきの中を響ける鈴の音の、渡っておいで、ひとりでおいで

茹で時間ながいパスタのあるものを、十八歳でひとまず入試

みずからの名前を知らず咲くバラの名札を声に出して読みたり

撮る習慣となって長い。

らーめんの写真を見おりうまそうとそのとき思った生きていたわれ

うまかったからうまそうと思うのか、写真のなかに鳴門がひとつ

子が作る〈之繞に風〉読み方はとくにないけどなくていいと言う

すんすん

なっとうはぐるんぐるんとなっとうに溺れゆきたり夢を隠して

柿食えば「飲んでるとこに柿出すな」そう怒りたる父を憶えり

品川で品という字を見ていたり父の病名にありし三つの口

ひとりひとりレジに寄りゆき告解のごとしよ朝のセブン-イレブン

落っこちたカリフラワーが見つからずそれは落っこちていなかったから

若い人のやりたいようにやってよね、すんすん言ってしまう歳になる

あのひとはクレプトマニアだったのとその人を忘れたころに聞きたり

いちじく

許すとは心で許すものなりや心が許すものなりや、　吽

デコポンに癒やされながらデコポンのひとつさえわれは癒やすことなし

これやこのサッカロマイセス・セレビシエふくらむころに焼かれてゆきぬ

デモ隊の脚を狙って撃つという軍のことガザという土地のこと

歩けなく、一生歩けなくすれば、殺すよりずっと、良いのだという

干からびたいちじくのなかその種は散弾銃の弾のごとあり

神棚に半紙を貼って牛鍋を食べていたとぞ明治人らは
見えなければよし。

読めませんわかりませんと月ごとに言いに来る黒いスツールのうえ
眼科。

ベニカノコソウ

小便のときにも座るわが家への愛か妻への愛かわからず

検索しておそらくはベニカノコソウ知って歩いてもう忘れてる

括線の上はことしで50なり下の数字はまだわからない

ゆうぐれの空を見ており出て行った猫が戻ってきたような空

ビヨンセみたいでぜったいビヨンセじゃないと思いつつ聴くビヨンセじゃない

ぼくの英語を聴いたことない人が言う、オーマツさんは英語できるから

食べたお皿もってきてねと妻が言うお皿は食べてないと子が言う

生まれ変わってここにいるのかこのあしただれかに祈られてる気がする

白に見えて白ではないと知っているここには白と書いてあるけど

ほんとうの白には白い影が差すいつかおまえにわかる日が来る

日本酒。

たましいに味があるならこれくらい酸っぱいかもね〈シン・ツチダ〉ほど

ほんとうにうまい酒よとおもうとき鼻のあたまに死の香り来る

ツカレナオス

〈選べる〉は〈選ばなくてはならない〉でコーヒーブラック、ホットで先で

コンビニの陳列棚が怖い朝〈選ぶ〉は〈そこからしか選べない〉

乳牛が肉牛になり肉になり肉味噌になりぼくを過ぎゆく

三人にわかってもらえばいいと思うその三人にあなたは入る

職員室とは。

無料にて机とお湯と電源が使えて愚痴を聞いてくれます

パラオ語のツカレナオスはビール飲むことそんなこと聞いている部屋

〈日向灘産焼きうるめ〉ちゃんたちに好きって言ってキモって言われた

葉書（ようしょ）ってなんだろうかと考えた五秒がありぬきょう生きていて

花植えて木の実ひろって釣りをして、娘の暮らしゲームの中の
刺されたの、蜂に刺された、かちゃかちゃとゲームの中で薬を買って
はらはらと聞いていているなり女の子らしいと褒めてくれるその声

子供と言うときと娘と言うときとわたしのなかはどうなってるの

スカイツリーいっしゅん見える帰り道　立ち止まったらしばらく見えた

墓に来てマッチ擦りおり頭薬（とうやく）は焼身ののち入寂したり

踏み切りの向こうに波の音はせり〈死は悲劇だが個人的〉なり

Het Achterhuis

渋谷駅降りて渋谷を歩きたりもう渋谷ではないところまで

ここでは水曜日と土曜日。

もえるもえるもえる、あたまのなか燃えて白い袋の雲を出しにゆく

遠足のバスの車内の自由席そんな自由をよろこぶ君ら

Het Achterhuis だなんてだれもだれも教えてくれずわれ五十周年

後ろの家。

片口に酒を注ぎてしばし待つ酒には酒の胸騒ぎある

若いころの過ちのそのいきさつを語りはじめる夜の加湿器

東京のこんなところに鷺がいるこんなところに僕もいるけれど

高野公彦は日賀志康彦。

あの人のともだちでずっといたかった　日賀志(ひがし)明子さん言いき　書いておく

あたりめ

ブラジルの実（まめ）の香りが訂（なお）しゆくつかてれ考えなれいら心

ティーバッグわずかにゆれて〈回天〉に撃（や）られるまえのわれのごとしも

おやゆびの腹で画鋲を捺していたぼくは壁ではないとわかった

〈干して焼いただけのあたりめ〉そのまえにしずかに閉じたかれらのいのち

このひとはオリンピックパラリンピックとかならず言う他にはだれもいないときでも

片口

オーマツでございますとぞ言いましてちと恥ずかしいのでございます

治すべきこころの疵を捜しつつぼくのからだをめぐる〈佐久乃花（さくのはな）〉

片口はとおくを見てる〈佐久乃花〉２００キュービックセンチメートル

モンドリアン的でなかった若かりしころのモンドリアンは飛ばして

成り代りましてこっそり言うならばわたし嫌々味付けられ海苔

なにゆえに映画を止めて書き写したのか、It's too late for regrets.

incubation period という。潜伏期間。
孵らない卵であれと願いつつおとといきのうきょうの検温

大人

自転車をヒマラヤスギの樹の下に待たせて餃子定（ぎょうざてい）の黙食

おりおりにブロックしゆく広告の〈関連がない〉そう、関連はない

あたま喰われながら交尾をつづけてる雄カマキリの動画で昼餉

自転車通ります！と声しているところにんげんわれの下腿三頭筋

MacBook.
「5年おきで買い替えてゆくとしてですよ、先生はあと5、6回です。」

パソコンのことをたずねてそれとなく労られてる五十の春は

温泉が六時間後に効いてくる五十というはじんわりがいい

胸もとに十字のひかるように見えて白き胸毛の数本そよぐ

ぼくのなかに集まりすぎたぼくがいて下向き犬のポーズでほぐす

風鈴がときおり鳴って亡き人を呼ぶような、 われが呼ばれたような

火をつける

ノート買うためだけに付いてきてくれるパパと思うらしうっしっし

いい子だぞ、言いつつ寝顔なでておりいい子だじょってなりがちである

死ぬまでずっと生きてたのっ、てその父を伊藤比呂美が言うのがわかる

「時代劇チャンネルずっととなりでね、見てる介護もありなんじゃない。」

教育とは火をつけることソクラテス言えりその火をわれは持つかや

がんばれるようにがんばりますと言って来なくなりたり月曜日から

悪いことを悪いと知らすややこしさ〈悪(わるい)〉の中に十字がありぬ

砂肝を五本たのんでむんむんと食べる此奴に負けた気がする

食べるっていう言い方でさりげなくブタの大腸からだに容れた

とんかつに添えられているひとやまの、いうなれば傷だらけのキャベツ

鰺。

さんざんにその身を食べた娘はも目玉食べない「後が怖いから」

心算

じゅうぶんに生きたと思ういっしゅんがときに兆してやわらかく寝る

泡盛です。

ぼくの機嫌をとってぼくあり、そのぼくの機嫌をとって〈残波ブラック〉

こころづもりと書いたはずだがあらいやだこころ心算と画面にありぬ

ぼんやりとしておりなにも見ていないことに気づかぬほどぼんやりと

読むべきを読めずに風を見ていたりああぼんやりとするはゆたかさ

美容院。

二十年ひとりのひとにちょこちょこと切ってもらって白くなりたり

ある人の名前を書いて貼っておく会って戻って剝がして捨てる

ラフロイグ。

六万の話者ありというゲール語の〈広い湾の美（は）しき窪地〉香りするどし

四十年ものの梅干しすごいなあ、ふうん俺よりだいぶ歳下

牛の舌

眠りいるむすめの額(ぬか)にてのひらを置けり湿っている生きている

割り算を教えてもらい運動会やってもらってぜんぶぜんぶ税金(ただ)

吃音だったらしい。

世界の言葉で吃ってやると言ったのは大杉栄、わたしではない

伝え聞く生徒の言葉そのなかの、オーマツ先生はムダがない

保護者から褒められにけりいちにちをむすめの運動会のために休んで

コーヒーが先か出席簿が先かにわとりが先かトイレが先か

一時間半かけてようやく来た生徒　遅刻だぞって言ってなんになる

遅刻してもしなくても一時間半かかる牛久（うしく）から来る十二歳には

はい、のなかにわずかにゆらぐひびきありごめんなさいを聞いたことにする

〈正しいもの〉みずから作り問うておりひとつ選びなさいひとつだけ

にっぽんの米なのににっぽんの酒なのにわれの明日になにゆえ障る

ひとくちを飲んでうまいと言う勿れ一升飲んでこそ酒の味

十秒ののちのこの世は空き瓶のなかの二滴を甦(かえ)してくれた

鮒富佃煮店。

ひっそりと死んでいる鯊の甘露煮を食えども鯊は死に終わるなし

ジョニー・デップ主演。

〈MINAMATA〉のうすやみにいた二時間はわたしのなかのなにか紀せり

献血のさなかカイロをわたされた上を向いている右のてのひら

合掌

パパのヒゲ美肌加工で消してゆく九歳娘ととんとんとん

わが顔の画像さんざん白くして、アンコンシャスバイアスじゃないよね？

鼻けずり頰けずり目玉青くして鼻もどし頰もどし鼻またけずる

弱い子を育てているか悪口を言っちゃいかんとおりおり諭す

ジャイアンツ嫌じゃないけどふんふふん巨人軍その〈軍〉が嫌だな

グンカンと呼ぶほかなくて呼んでいるいやな感じは食えば消えたり

〈五十づらさげて〉と書いておきながら死んでそのまま向田邦子

おおらかでそしてせつないすぎゆきの〈女出入り〉は昭和の言葉

蛙の解剖の授業を覚えている。

四十年前のちいさな合掌をひっそり思うこっそり思う

それはしずかな合掌だったそののちに腹を裂きゆく蛙のための

教員が生徒たたいていたころの、「カエルちゃんに合掌」の声いまも忘れず

にっぽんに１００あまりある男子校のひとつを出でてひとつに勤める

おひさしぶり

十ごとにジューと言いつつ仕分けする人のジューのみ聞こえきてジュー

itchy, knee, sun, see, go, rock, Nana, hatch, Q, 10はやっぱりJewなんだとか

たくさんの「おひさしぶり」を言えることそれはゆたかさのひとつと気づく

死亡保険金お支払いできない場合⑧戦争およびその他の変乱

Boeing ball shock と iPhone が聞き取ることをきのうしました

戦草

二〇二二年二月末。英語の授業。

侵攻のはじまる朝を待っていていきいきとニュースの解説をした

はい、これは分詞構文、ニューヨークタイムズの弾むような文体

爆撃を教材にしてもやもやと国土のようにチャーシューはあり

NHK。
invasionは（侵略でなく）侵攻と訳すべし、通訳者に指示があったと

ベトナムで戦車に触れたことがある　高野公彦は触れなかった

ユークレイン。英語で言って近づいたふりをしながらすこし逃げたり

四十年経て思い出す戦争を戦草と書いてバツだったこと

ああまたかまたウクライナ、もういいよ、いっしゅん思ったテレビをつけて

オロナミンC

寝ねぎわの娘つぶやくつぶやきは金星に降る硫酸のごと

ああああれはいじわることばだったのか、元気たつはるオロナミンC

教員に不向きなことはわかってるだけどしつこく言うのは苦手

ヘアピンをしている男子なぜだめかだれもわからず会議が長い

髪をしばっているのはなんで良くないか、男だからって男の会議

教員のそれぞれのツボそうそれは人生観と言い換えてよく

目薬を授業のあいま点しているベテラン感の感はたいせつ

3枚で1円のティッシュペーパーをふたつに切って目薬ぬぐう

わが顔のうちがわに暗き道ありて苦くなりゆく目薬の尖

角膜

死ぬ死ぬと鳴いている蟬、死ね死ねと聞こえるらしい娘十歳

つぎつぎと子を産んでゆくお母さん〈毎〉の由来を子は学びおり

さっき見た映画のなかの仏壇のきんきら思いながらタンメン

この店のウエットティッシュしょぼくなるこうして日本しょぼくなりゆく

イースタン・プリシンクトを歩みおり夢殿にある真っ赤な馬穴

〈角膜〉と書かれた部屋に入りゆく角膜その他わたしのすべて

おおいなるストレスありきぼくは知らずぼくの角膜が教えてくれた

角膜は英語で cornea なんだろう英語を知るとすこし落ち着く

回答しない

挟まれて背中が怖い春の日の香月泰男(かづきやすお)の絵のかかる室(へや)

どのあたりから塗り出した絵だろうかおおよそ黒くその上の蒼(あお)

〈ダモイ〉見たときに娘に会いたいと思った生きているんだぼくは

重心をずらしながらすこしゆれながら黒い絵の黒の濃いところ視た

タイトルを読むため壁に近づけり大きな黒を躱すようにして

知り合いの香月さんを呼ぶときどきに吃るのは黒い絵のせいなのか

男子校。予備校の調査。

（男・女・回答しない）４名が回答しないにマルを付けてた

〈女３〉〈男６〉〈その他１〉なんて性別欄に書く遠い春

すこしずつ敬語外れてゆくころの、会議たのしいそろそろ終われ

ぶらぶら

あさつゆの〈昨日のぼく〉はどこにいる〈昨日のヒジキ〉ここにあるけれど

このマグを買ったその日の寂しさは残ってる名護の海を見ていた

沖縄が一位だとして二位以下の示されてない記事を読みゆく

設問のユミさんの父・三十五　若ッと言って算数娘

子のこころひとつ解くにはあたわざれどとなりで同じ分数を解く

この子ああ生まれなければ死にたいと言わなかっただろうの秋の夜

エコロジーだから割り箸使わない使わないままとめて捨てた

はちみつ

一市民、そんなひびきのこそばゆく二秒で終わる無料の注射

いつのまにかわれわれに来てわれわれにとどまれり　ちょっと多すぎ大杉勝男

耐熱、の表示を信じ、信じない、注ぎながらにそっと念じる

小心だなあ俺はなあ、あすのあさ食う肉まんを思い描いて

「いうなればプラスチックは情報を、陶器は意味を、伝えるものだ。」

おばあちゃんでごめんなさいね、そういった人のお気持ちいまはだいぶわかる

ほんとうだ！テレビの予報見てのちにスマートフォンを見て妻が言う

偉くなる、とはどのようになることか偉くなったらと母はいまも言う

まだ子どもいないんですか？　そのたびに傷ついたのは〈まだ〉の方だった

はげしい雨と非常にはげしい雨が降る予報のありて東京地方

標本木

ひそやかでかすかな自信あったのか失くしてのちに気付けるほどの

一時間で消えてなくなる一時間　モクレンモクレンついにモクレン

立ち漕ぎで青梅街道ゆきにけり五十を過ぎた膝を愉しむ

見ることは祈ることとは違うけれど漕ぎつつ二秒見ている祠

おはようございます、と連日それだけのツイートの意味いまさらに知る美術館疲労。

ミュージアムファティーグ曳いて向かい合う三十歳の晩年の絵に

ｋｅｋｋａｋｕのＫの響けり三十の佐伯祐三パリ郊外の死

消灯ののちのこの絵を想いおり紅い煉瓦が紅く灯るを

右側の空は藍濃く塗られおり百年間をずっと空にて

ほんとうはいいな！であったもやもやをいいね！ひとつに代わってもらう

＊

まっすぐにわれを見つめるいくつもの目がありてまだ教員をする

職員室。

二十八年おなじ座席に座ってる教員免許更新一度

大松死ね！書き込んだ奴ひとりいるこの教室に今日も来ており

待っていてくださいよあと五十年、毛蟹のように寝ている生徒

サヨク教師!白板の隅に書いてある見えるようにも見えないようにも

東大に受かって父を超えるとぞ、そんな人間まだいる日本

日本語だって遅いのに。

泣きながら英語読んでたあの冬の、つくづくとわれは外人たりき

五年後に廃棄されゆくやすらぎの、ずんずん褒める指導要録

ユネスコ。

教師座が夜空にあって、いやなくて、十月五日〈世界教師デー〉

おじいちゃん教員になりつつあると教えてくれるこいつの目線

英語とはつまり英文法。

邪教から子をとりかえすこころもち〈感覚読み〉を撲ち滅ぼさん

標本木のような生徒のひとりふたり解き終わるまでちらちらと雲

＊

この体、可愛いようなないようないつもどこかが痒い人生

痒みとはぼくの守護霊、痒さとはぼくの番犬、いや鳥居かも

湿疹は小さな炎、ぼくでありぼくでないあちらこちらのぼくの

痛みには効いて痒みに効くならず水で飲むとは水を飲むこと

吃りありてアトピーありてそれぞれに軽かったこと、軽かったのか

結婚ののちアトピーは詩のように軽くなりたり母には言わず

Tatsuをそっと Tastyに替えてだまってるiPhone12ふふふんふんだ

昼にだけ飲んでいるのに嫌だわあ〈昼から飲む〉の〈から〉の用法

白くないけれど白（ブラン）と呼びながら肩口に来るこいつの酔いは

*

バレーボール部顧問。病院へ搬送。

足の甲たぶん折れてる生徒なりタクシーの中ぽつぽつしゃべる

吹き出しの中につば吐くようにして雨を見ながら大人への愚痴

肩を貸して歩く三分　教室で嗅ぐことのない十五の身体

しょぼしょぼと水をやってるドラセナの、育てていない育ってはいる

受け皿にこぼれるほどの水を与え、水は捨てたり教育のように

沸くまでをずっと見ていてほしかった、水は言わずに水でなくなる

やれと言われているからやってくださいと言われていじめアンケートやる

とつぜんのLINE。

がんばってるうちの息子はなんでですかなんでチーフになれないんですか？

LINEではらちがあかないそう来たか〈埒〉に突っ込むあゝ馬のかお

LINE文体きびしい人が持ってきたlandmineのような羊羹

豹変とは豹がなにかに変わるのか豹に変わるのかこれが豹変

（知らんがな生徒どうしで決めたんやろ）こころのなかの偽河内弁

録音しているのだろうなハンカチの下にスマフォのふくらみがあり

目は開（あ）いて勝連城（かつれんじょう）を思いおり風に吹かれるその城壁を

祈るには祈るかたちの要るものを、目の焦点を合わせず祈る

訂（なお）さないままにひたすら聞いており誰かが聴けばいいのだ誰かが

＊

死ね死ねと言って消しゴム投げつける娘に慣れる、人間すごい

全国の野球少年！　少年にむすめはかるくキレ給うなり

踏み切りのカンカンカンカンが聴こえたりwhen you wish upon a star

たっちゃんとボクを呼んでたぬいぐるみこのごろパパと呼ぶことがある

いちおう初段。
「剣道をやっていました」やらされていた暗闇を美しく言う

体罰としての蹲踞のありにけりわが剣道部二年半ほど

あなたより幸せになるそう言った妻の言葉はまだ埋めてある

アッサラーム・アライクム

食材店を改装して。

サルシーナ・ハラール・フーズ。店頭に手書きメニューの〈羊の脳のバジ〉

日本人の筆跡。

やさしげな文字で書かれるメニューなりバジもボルタもニハリも知らず

おそるおそる中に入れば忍者小屋、のようなとびらが開(あ)いて白い部屋

大きな国旗が壁にある。

濃緑(こみどり)のなかの日の丸そうそれはバングラデシュの青葉と太陽

脳の60％は脂肪。

にんげんの脳のあぶらもこんなにも白くて柔らかくてうまいか

〈ベンガル盛り〉そんな日本語あるという　酒を飲まずに米を食う国

また、別の日に。

ハラールであることなぜか心安く骨をつかんで水牛の肉

三寒の三のあたりを過ごしつつ羊の爪を舐(ねぶ)るなりけり

唐辛子がりりと嚙んで辛い辛い〈孟〉の略称ある彼の国

生きてきてはじめて使うベンガル語〈アッサラーム・アライクム〉すこし小声で

油炒めのような、ステーキのような。

ガンジス（ガンガー）川で獲れたかどうか訊かぬまま身離れのよき大ナマズのバジ

ラマダン。おめでとう。

ラマダン・ムバラク。一ヶ月間営業は夜六時半までになります

夜明け祈り（ファジュル）の時刻記されており東京04:14、横浜04:15

ラマダンが太陽暦で記されてことしは春のラマダンとなる

あとがき

二〇一七年から二〇二二年（四十六歳から五十一歳）までに発表した作品を中心に五九七首を選んだ。第六歌集となる。

十九歳のときに「コスモス」に入会してから、三十三年を超えた。多くの方々と出会い、多くの方々とはもうお会いできなくなった。そんな感懐をもらす年齢になったのだ。

二〇一六年九月に創刊した季刊同人誌「コクーン」は、順調に活動を続けて、三十号を超えた。この歌集は「コクーン」に発表した歌がひとつの核になっていることになる。いい仲間に恵まれて、幸せである。

「コクーン」の〈創刊の言葉〉に、

　われわれもこの時代を生きるものとして、この時代の言葉を紡いでゆきたいと思います。それは自分の内側に潜む言葉が、この時代だけでなく、過去そして未来とどう響き合うのかを楽しむ作業でもあります。

そして、こういう時代であるからこそなおさら、言葉を確実に手渡す作品が必要なのだと思います。作者が作品の中心にしっかりと存在し、言葉の引力に振り回されていない作品。そして作者と読者の間に一本の確かな道を通す作品です。

と書いた。そんな作品になっているだろうか。

＊

第四歌集『ゆりかごのうた』につづき、この歌集を旧友・宇田川寛之氏に手がけてもらえるのは嬉しい。厚く感謝申し上げます。

二〇二三年十二月

大松達知

略歴

大松達知（おおまつ・たつはる）

一九七〇年、東京都文京区白山生まれ。上智大学外国語学部英語学科卒。九〇年歌誌「コスモス」入会。桐の花賞、コスモス賞、評論賞を受賞。（現在、選者・編集委員）。九一年同人誌「棧橋」に参加。九二年から一年間米国ウイスコンシン州立大学に学ぶ。歌集に『フリカティブ』、『スクールナイト』、『アスタリスク』、『ゆりかごのうた』（第十九回若山牧水賞）、『ぶどうのことば』がある。都内私立男子中学・高校に勤務。現代歌人協会常任理事。

メールアドレス：pinecones@nifty.com

ばんじろう

コスモス叢書第1233篇

2024年1月25日 初版発行

著 者――大松達知

発行者――宇田川寛之

発行所――六花書林
〒170-0005
東京都豊島区南大塚3-24-10 マリノホームズ1A
電 話 03-5949-6307
FAX 03-6912-7595

発売――開発社
〒103-0023
東京都中央区日本橋本町1-4-9 フォーラム日本橋8階
電 話 03-5205-0211
FAX 03-5205-2516

印刷――相良整版印刷

製本――仲佐製本

定価はカバーに表示してあります
ISBN978-4-910181-60-8 C0092